그리하더라도
사랑해야지

정상화 제3시집

시음사
시사랑음악사랑

밭이랑에서 詩를 캐는 정상화 시인

우리가 살면서 감성적이면서 수직적인 시인을 만나볼 기회를 얻는다는 것은 참 행복한 일이다. 시는 마음을 정화하며, 정신세계까지를 맑게 하는 매력이 충분하다. 한 줄의 글은 새로운 삶을 영위하게 하는 큰 힘이 되기도 한다. 정상화 시인은 서정시의 정상(頂上)에 있으면서 세상의 가장 친근함으로 시를 짓는다. 그러기에 정상화 시인의 작품을 대하는 심상(心象)은 감동과 정서 그리고 리듬감으로 다가서게 하는 능력을 보여 주고 있는 것 같다.

그동안 2권의 시집에서 정상화 시인이 보여준 것은 꿀벌이 다른 곤충보다 존경받는 까닭을 자연이라는 소재로 보여 주고, 배우기만 하고 사색하지 않는 것은 삶의 영혼을 죽이는 것이라는 것을 깨닫게 해준다. 숲이나 시냇가를 거닐면 세상의 잡념이 사라지고, 시서(詩書)나 그림 속에 온전히 몸을 맡기면 회색빛 세상에서 할 수 있는 최대의 힐링(Healing)이라는 것을 몸소 보여 주었다.

이제 잘 익은 수확물을 추수하듯 제3집 〈그러하더라도 사랑해야지〉를 오일장에 내놓고 좌판을 벌였다. 시는 파는 것이 아니라 마음에 담는 거라는 시인이 무엇을 팔지는 지켜볼 일이다. 두꺼운 독자층을 가지고 있는 정상화 시인은 편견은 판단을 갖지 않는 의견임을 알리려 할 것이다. 그동안 보여준 시인만의 작품세계와는 다른 시작(詩作)을 보여 줄 것이다. 농부 시인, 밭에서 시를 짓는 정상화 시인의 3집 출간을 축하하며 기쁜 마음으로 추천한다.

사단법인 창작문학예술인협의회 이사장 김락호

시인의 말

가을!
간월재 억새밭 흔들림 속에
구절초 해맑게 웃어 준다
제 3시집 "그러하더라도 사랑해야지"
탈고를 축하라도 하듯
한 편 한 편이 삶의 순간이다
투명한 가슴으로
색다른 따스함으로 삶과 함께
뜨겁게 물들였다
어떤 삶이든지 상처와 슬픔 기쁨과
행복의 순간이 비벼져 서로에게 물들어 하나 되는 과정
사랑의 조건은 어쩜 이기적인 것인지도 모른다
그러하기 때문에 사랑하지 말고
그러하더라도 사랑해야지
그래야 삶이 아름다운 거지
詩는 삶의 진실을 진심의 그릇에
담는 것이기에 . . .
씀으로 행복한 읽혀짐으로 행복한
시인이고 싶다

시인 정상화

♣ 목차

♣ 목차

생강나무꽃

찬바람에 동여맨 가슴
켜켜이 벗는 날은

그리움에 울먹울먹
불러보는 그 이름

숨 막히는 살 내음에
피어나는 그 얼굴

보고픔 눌러 눌러
가슴에 쌓인 사랑

스친 손길에
화들짝 토한 신음

시샘 바람 한 움큼 맞선
고운 설움 하나

진심에서 흐르는 물꽃

유기견 보호 센터에서
방황하던 강아지 입양 주인을
바라보며 물꽃을 피운다
사기꾼의 눈물
연기자의 눈물
아비를 잃은 통한의 눈물
자식을 얻은 축복의 눈물
과학적 분석은 소금일 뿐
목적을 가진 눈물은 사기야
가슴에 고인 아픔 미움 사랑 기쁨의
순간들이 원초적 반사 조건에
온몸이 반응한 촉수를 타고 흐르는
물꽃
스친 바람에도
봄날 아스라한 연록의 흔들림에도
떨어져 뒹구는 꽃잎을 보면
까닭 없이 흐르는 눈물은
정화된 핏물의 영혼
그냥 흐르는 게 아니야
마음에 숨겨진 숱한 사연들
쌓이고 쌓여 참고 참아
살짝 스친 손길을 핑계로 투명한
가슴의 혼으로 피어난 꽃인 게야
발등에 뚝
물꽃이 산화한다

메모지에 담긴 사랑

약이 없다고 중얼거리신다
꼭 드셔야 되는 뇌종양 약
깜짝 놀라 모든 일 접고 부산 백병원으로
날아가면서 참도 무심한 자신이 부끄럽다
기다림의 시간 생각으로 채우며
약 들고 집에 오니 어무이 안 계신다
밭으로 들로 한 바퀴 돌아도 허탕
헤매다 집에 와서 보니
거실 바닥에 못 보던 백지
"엄아 머리 카러 가다"
피식 웃음이 난다
틀린 맞춤법 소통은 되니
안도의 한숨을 내쉬며 약봉지
잘 보이는 곳에 두고 트랙터 운전하며
스친 생각들
여든다섯 어무이 이순 넘은 자식을
걱정하는 속내
나도 어무이 나이가 되면 저럴까
어쩜 걱정이라기보다 자식의 행복을 바라면서
당신께서 행복해 하시지는 않을까
아무리 바꾸려 해도 변할 수 없는 명제
그것은 부모란 존재
빠글빠글 머리가 귀엽다

땅이 가슴으로 詩를 쓴다

다사로운 봄 햇살이
야금야금 찬 기운 갉아먹고
잠자던 땅을 깨운다

바람에 날린 돌 틈 속에서도
떨어져 앉은 자리에서도
물에 휩쓸린 모래 틈에서도
땅의 뒤척임에 놀라 눈을 뜬다

땅은 어머니 가슴
까만 씨앗 하나 품어
따스함으로 푸르게 밀어올려
창조주가 만든 유전자를 완성한다

풋풋한 땅의 향기 속에
어머니 뽀얀 젖무덤 눈부실 때
심장의 박동 소리와 함께
온 들판이 일어난다

땅이 가슴으로 詩를 쓰고 있다

제목 : 땅이 가슴으로 詩를 쓴다
시낭송 : 김기월
스마트폰으로 QR 코드를 스캔하면
시낭송을 감상할 수 있습니다.

하나 뿐인 향수

사백 미터 절벽에
중세에 만들어진 에즈 마을이
대롱거리며 지중해 쪽빛 속으로
생명을 유혹한다

장미 삼천 톤이
응축된 한 방울 영혼은
시대를 초월하여
죽음으로 사랑을 유혹한다

조향사가
최고의 향기를 만들기 위해
사랑하는 사람과 바꾼
향수는 어떤 가치가 있을까

지구상에 단 하나 밖에 없는
아름다운 삶이 멎는 순간
나는
어떤 향기로 유혹될까

몸의 향기
영혼의 향기
모든 사람이 그리워하는
오직 한 사랑을 유혹할 향수

되돌아온 마음

꼭 안아주며
"어무이, 다녀오겠습니다"
"그래, 내 걱정 말거라"
열세 시간 비행으로 닿은
이국땅
밝음과 어둠의 싸움이 끝날 즈음
손가방 속 낯선 촉감의 비닐봉지
나 없을 때 필요한 곳에
쓰시라 주었던 돈이 어떻게
가방 속에 들어 있는지
알 수 없는 수수께끼
어무이 가슴으로
이탈리아가 밤새 흐느낀다

아! ROMA

참 매력 있는 여자
참 멋스러운 남자가
사랑하는 도시
그들의 질투와 사랑이 낳은
성 베드로 대성당
꿈틀거리는 피에타 상
바티칸에 숨 쉬는 유물들
콜로세움
로마 전체가 역사 박물관
도시의 살아있는 영원성
미켈란젤로 사 년 육 개월에 걸쳐 완성한 천지창조를 본 순간
눈을 감고 싶었다
아니
엄마의 자궁 속으로 숨고 싶었다
아! AMOR

다비드상

미켈란젤로 언덕
피렌체 시민이 올려다보는
다비드 허상은 어찌 저리도
촌부의 가슴을 흔들고 있는가
토실한 사과 궁둥이
팽창된 터질듯한 근육
이글거리는 눈빛은 돌팔매로
골리앗을 쓰러뜨린 다윗의 힘
그런데
참 모르겠다
머리는 왜 저리도 큰지
눈동자는 왜 하트인지
손은 또 왜 저리 큰지
고추는 왜 저리 작은지
할례는 왜 안 시켰는지
건축가 조각가 화가 마지막
詩人이라 불린 미켈란젤로가
살아있다면 한마디 꼭 해주고 싶다
"정말 짜증 난다고"

농부의 푸념

대한민국 농촌은
거대한 노인 병동이다
아기가 타야 할 유모차는
어르신들의 지팡이 대용이 되고
한적한 골목길엔 부동산 업자의
낯선 얼굴에 개 짖는 소리뿐
아가의 울음소리는 먼 달나라
이야기가 된 지 오래다
사람 사는 세상에
사람이 머물지 않는 곳
흙으로 젖은 땀을 밀어내고
소중한 것들을 쓸어가 버린 농촌은
거대한 요양병원이다
나라의 근간인
생명 산업이 죽어가고 있는데
위정자들은 모른 척 먼 산을 보고 있다
얼마나 더 울어야 할까
허기야 표도 적은 무식한 농민들
사람 대접받았던가

미워할 수 없는 년

제멋대로 생긴
뚱딴지 궁둥이 속에는
통통해지기까지 기다림
꽃피운 계절의 사랑
모진 땅 견디어 낸 건강
자투리땅의 옹골진 만남이
소복하다
먹고 남은 몇 알 호미로 찍어
던져두었는데
미안할 만큼 쏟아진다
땅이란 년 어쩌면 좋을까
거짓말이라도 좀 하면 미울 텐데
정신까지 홀라당 뺏어가는
어그 사랑스러운 년

아시 정구지

"큰아야, 무라"
"뭐요"
"니 줄라꼬 아시 정구지 꿉었다"
"······"
옛부터 "아시 정구지는 사위 몰래
영감 준다" 했던가
아픈 다리 끌며 짧은 정구지 파듯이 베어
서 있기도 힘든 다리로
어둔한 손놀림으로 반죽에서 굽기까지 아들 생각에 젖었을 당신
한 젓가락 입에 넣으니 깊은 향은
간데없고 간은 소태다
꿀꺽 삼키고는
"아따 어무이 맛있네요"
그 한 마디에
합죽이 웃으시는 어무이
오방식품 아시 정구지
향기 짓이겨 풀내음 되고
소태가 되어
밀가루 반죽에 목욕했어도
달콤한 맛이니 어찌할꼬

정구지 : 부추
오방식품 : 뿌리는 붉고 새싹은 노랗고 줄기는 희고 잎은 푸르며
        씨앗은 검은 정구지를 일컬음

16

자연적 흐름의 행복

갓 태어난 송아지가 머리를 흔들며
심호흡을 하듯
아기가 어머니 뱃속에서 나와 빛을
보는 순간 숨을 몰아쉬는 신비
생명의 환경에 적응하는 본능은
배워서 행함이 아니다
사춘기 시절 이성에 대한 그리움
교육 종교 사회가 성에 대한 절제의
미덕을 가르쳤지만
성장의 흐름은 자연적 현상으로
성은 억압되지 않는다
우리 살아오면서
내면의 흐름에 얼마나 충실했던가
편리한 삶에 따른 경제적 우월성을
지키기 위해
자연의 흐름에 순응을 거부하며
내면 진실한 행복을 부정하지 않았는지
여보게들 늦지 않았네
내숭 떨며 척하지 말고
지금부터라도 내 진정 가슴에 소리
따라 자유로운 아가의 숨 호흡 같은 삶을 살아 보게나
한순간 절정의 비명에 사라질
삶일지라도 말일세

아버지 니나노 장단

안골 논 용수관 작업에 지쳐
논둑에 앉아 아버지 잠드신 곳
바라보니 붉은 진달래 선연한
사랑빛으로 불타고 있다

아버지 무덤 속에서
물구리 지게 짐에 진달래 묶음 꽂아
목발에 작대기로 구성진 니나노 장단
두들기며 걸어 나오신다

지난 날 가난의 아픔
한 세월 쌓인 붉은 이야기
야산 능선 진달래꽃으로 피어나
웃고 계신다

막걸리 몇 사발 들이키시고
붉은 얼굴로 양산도 부르시며
힘든 아들 응원이라도 하시는 겐가

한 줌 봄바람 온 골짝
아버지 사랑 붉은 사랑으로 물들인다

낙화

단, 한 번
분탕질로 치를 떨며
떨어지는 마음들

끓어오른 열정
날아 오른 하얀 날갯짓

죽도록
그리워하지 않았다면
사랑을 말하지 말라

스스로 피어짐에
스스로 떨어짐에
저렇게 아름다운 것이다

우리
저리도 뜨거운
저리도 후회 없는
사랑을 해 보았는가!

사랑하면 미워할 수 없기에

누군가의 가슴에서 지워지는
것이 얼마나 아픈지 아는가
겨울이 봄의 푸르름으로 지워지고
봄은 붉은 눈물을 흘리며 여름에
버림당함을 슬퍼한다
자연은 사계 四季를 통해
만남을 재촉하고 이별을 강요하며
어떠한 허점도 용서하지 않고
에누리도 없다
계절은 저렇게
목적을 위한 이별을 준비하지만
난 단 한 번도 누군가를 버린 적이
없다
억새 잎에 스치며 베어지는
손가락의 쓰라림을 알기 때문에
바보처럼 내 탓으로 인정하며
맨발로 비를 맞고 맨살로 바람과
맞서며 그렇게 살아갈 거야
너를 사랑하며 죽어 감이
농부의 숙명이니까
봄이 여름 앞에 울고 있다
여름아 ,
가을이 오면 어쩔 거니

숨겨진 가슴의 미소

봄비 떨어지는 소리에 섞인
어무이의 중얼거림
"아이고 솔이 잔치 때까지 살겠나"
"나는 결혼식 못 가겠다"
지진의 울림 같은 흔들림으로
마음을 도리질한다
벌떡 일어나
"어무이, 한복 맞추러 갑시다"
"……"
아들 돈 걱정에 차마 말 못 한
어무이 속내가 아프다
한복 집에 들어선다
"큰 아야 색깔도 곱제"
연분홍 옷감을 만지시며 미소 짓는
어무이 마음은 벌써 손녀 예식장에
앉아계신 웃음이다
한 송이 꽃으로 피어나지고 싶지
않는 삶의 끝자락
큰아들 장가갈 때
고운 한복 못 해 드린 게 얼마나
가슴에 못이 되던지
이제 당신의 가슴에 안겨
지난 아쉬움 지우고 싶습니다
사랑합니다, 어무이!

울주군 신청사 상량식

한반도 동남쪽 끝자락
울주군 울리 산 162-1번지에
선사시대 반구대 암각화의 영혼들이 일제히 함성을 지른다

지난 오십 년 더부살이를 끝내고
울주라 불린 지 천 년째 생일날에
울주의 자존심 되어 하늘을 날고
있다

첫 삽을 뜨던 날 울먹였던
환희와 기쁨의 씨앗들이 자라나
신청사 시대의 개막의 꽃으로
피어났다

웃음꽃 피어나는 명품 울주
세계가 주목하는 문화, 관광도시
활기찬 경제도시 사람 중심의
안전한 도시 나눔과 배려의 복지 도시 더불어 함께하는 교
육도시 미래가 있는 살맛나는 농촌을 향해 달려간다

순박한 백성들이 얼굴을 비비며
정답게 살아가는 축복의 땅
울주에서 태어나
울주에서 살다가
울주에서 묻히는 일이 얼마나
행복인가

아!
한반도에서 가장 먼저 새벽을 알리는 기적의 땅
너와 내가 하나 되어 손잡고
꿈을 현실로 만드는 명품 울주
신청사가 우렁찬 함성을 지른다

2017.04.10

꽃잎도 감사할 줄 안다

고유의 향기로 벌 나비 유혹하는
요염한 꽃들의 자태가 사랑할 때가
되었음을 알리고

바람이 꽃을 흔드니
터진 사랑은 원초적 내밀한
밀림으로 흡입되어 잉태를
위한 움직임이 시작된다

벌 나빈 농익은 꽃술 위에
꿀을 취하고 가루를 뭉치며
끝닿은 절정 문을 열리게 한다

바람은 흔듦이 미안해서
벌 나빈 얻은 꿀이 고마워서
사랑에 불 지펴주고는 날갯짓 겨운
무게로 뒤뚱거림을 밀어 올린다

참으로 고운 맘이네
꽃이 벌나비 유혹함은
스스로 사랑을 고백함이 부끄러워
중매쟁이를 부른 것이었어

시침 뚝 떼고 피어
꽃잎 속 신음소리 감추는
꽃 년들 속내에 웃음이 난다

농부 시인의 기도

흙을 파며 땀 흘리는 나는
가장 낮은 곳의 삶이지만
가장 높은 기쁨을 누리는
농부이고 싶습니다

때론 힘들고
때론 넘어져도
봄이면 싹 틔우는 씨앗
닮은 희망으로 살고 싶습니다

날으는 잠자리를 향해 비행하는
제비는 결코 뒤돌아보지 않듯이
앞만 보고 묵묵히 걷고 싶습니다

강한 화기는 흙에다 쏟고
때론 운명을 거부하며
때론 자연에 순응하며
텃밭의 푸성귀처럼
그렇게 살고 싶습니다

시인 詩人의 눈으로 세상을
바라보며
논두렁에 피어 있는 작은
풀꽃들과 손잡고
그렇게 살고 싶습니다

지상에서 가장 소중한 것

오염되지 않는 마음은
소유로부터 자유로울 때
만들어진다
아름다운 것들
존중받는 것들
가슴을 뜨겁게 하는 것들
모두는 사악함이 없더라
지지고 볶고 미워하는 마음들
사람과의 관계 속에 비벼진 것들은
이기심에서 출발한다
한 번쯤 아파보았겠지
나란 존재가 얼마나 소중하더냐
행복의 시작은 자신의 사랑으로
시작됨으로
자신을 아끼고 사랑해야지
나 없이 무엇이 존재하는가
이 순간 나가 없어지더라도
시간이 지나면 아무 일 없다는 듯
웃으며 살아가더라
우리
울면서 삶을 녹여낼지라도
죽도록 나를 사랑할 일이다
숨이 멈추는 순간까지
나의 미움마저도 사랑하자
행복하게 살고 싶다면 ...,

사랑하는 딸에게

스물여덟 해 동안 곱게 자라
한 남자의 아내로 출발하는 네 모습이 참으로 곱구나
너를 업고 늦은 밤 학원 계단을
내려오며 "우리 딸이 언제 어른 되지"하며
중얼거린 순간이 엊그제 같은 데
어른이 되어 한 가정을 이룬다니
한편으로 기쁘고 한편으론 서운하기도 하구나
사랑하는 딸아
따뜻한 정 주지 못해 미안하고
선택할 수 없는 못난 아버지 앞에
항상 웃어줘 고맙다
아빠가 살아보니 행복은 내 손안에 있더라
고운 사랑하나 가슴에 담고
욕심내지 말고 건강하게 웃으며
사는 게 가장 아름다운 삶이더라
때론 어렵고 힘들어도 아버지
가슴에 안겨 웃던 순간을 생각하며
지혜롭게 살아가길 바란다
아버진 어떤 경우도 딸 편이고
딸의 버팀목이 될 거야
딸 결혼식 날 낭송해 주려고 쓴
축시로 아버지 마음을 전하마
사랑한다 내 고운 딸

벼락 맞아 죽을 놈

어무이 일주일째 몹시도
편찮으시어
병원에 다녀도 차도가 없으시다

과로 몸살
엉게 순 나오는 계절
매일 지키러 가신다
해마다 도둑들이 따가 버리기 때문

배내골 왕방산에서
열두 그루 캐다 심어 시차를 두고
순이 나오면 어머니 용돈을 드린다

밤새 잠꼬대
큰 아야 엉게 따야 되는데
매일 지키러 가시니 꿈에도
보이시나 보다

새벽 경운기 사다리 싣고 갔는데
어쩌나 없다
밑동이 째 세 그루가...
옆에 재피나무 두 그루까지

약재로 쓰기 위해 나무째로
참으로 허망하다
어무이 얼굴이 떠오른다
이 소식을 어찌 전할꼬

아무리 돈벌이 된다지만
어찌 이럴 수 있는가
농민들 삶도 팍팍한 데
이건 아니잖아

참 궁금하다

부처님 오신 날
천전마을 용화사
소원을 빌러 온 사람 차들로
도로를 메워 트랙터도 갈 수 없다
저들은 가난한 이웃을 위해
단 한 번이라도 불우 이웃 성금을
냈을까
평소에도 잘할까
오늘만 저럴까
무엇을 기도할까
돈 많이 벌고 건강하게 해달라고
아니면 자식 좋은 대학 가게 ...
누구를 위한 기도일까
가난한 이웃 할머니 지팡이 의지해
절에 가면서 "돈이 적어 어쩌지"
중얼거리신다
돈에 따라 등의 크기도 다른 것이
자비지심일까
부처님 말씀을 핑계로
불전함은 터져도 세금은 없고
스님의 얼굴엔
기름기가 반지로 한데
가여운 중생은 어이할꼬
돈 없으면 절에도 못 가는 걸까
부처님은 그래도 웃고 있는데

함 오는 날

예비 사위가 바가지를 깨고
"함 들어가요"
함을 받아 놓고 맞절을 한다
함을 열자
채단과 사주단자와 혼서가 나온다
"귀한 딸 주셔서 감사합니다"
오방주머니와 갖은 음식들
찰떡을 차려놓고
딸애가 한 입 먹는다
준비한 음식상이 나오고
대화의 꽃이 핀다
딸이 한 마디 내뱉는다
"아빠, 내일 펑펑 울지 마"
하하...
이제 실감이 난다
가슴 깊숙이 뱅뱅 돈다
"내 고운 딸, 못난 아비 밑에
예쁘게 자라줘 고마워
사랑해
꼭 행복해야 한다"

시집가는 딸에게

스물여덟 해
먼 길 걸어오면서 딸이 있어
작은 기쁨으로 살아온 순간순간
아버지 가슴엔 딸이 햇빛이고
따사로운 바람이었다
단 한 번 공부하라 소리 안 했어도
사람됨에 어긋남을 용서하지 않았던 아버지 성격에 사춘기
아픔도 있었겠지
딸아
시집가면 한 가지만 부탁할게
모든 화의 시작은 혀에서 나오니
말조심하고 항상 고운 말 알겠지
손에 물 한 방울 묻히지 않게 키워 걱정이지만
배우며 잘하리라 믿는다
살다 보면 웃음도 있고
눈물도 있다
그 또한 삶이니 사랑하며 살 거라
꽃이 져야 열매 보이는 진리를
명심하고 보이는 이면에 숨은 뜻
생각하며 살 거라
아버지는 항상 딸 편이거든

행복해야 해 딸
지금까지 딸 마음 아빠 마음
엮었지만 이젠 신랑이랑 고운 맘
엮어 가거라
욕심 버리고 순간순간 최선을 다함이 잘 사는 거야
행복은 내 가슴에 있다 알겠지
딸 사랑한다 무지무지
잘 살아야 한다 알겠지

똥오줌을 버릴 수 있음이 얼마나 행복한 일인가!

새벽어둠이 무릎을 꿇고
트랙터 무논을 휘젓는다
물이 적어 작업이 느리니
일주일째 누워계신 어무이 걱정
늦었다
속도를 내어 마무리하고
현관을 열며
"어무이 배고프제"
밥상을 들인다
"큰 아야 똥 나온다"
혼자 누워 참고 참았을 순간들
가슴이 따갑다
한바탕 소란이 끝나고
밥알을 꿀꺽꿀꺽 삼킨다
먹으면 싼다
내 몸을 내 마음대로 못 하면
얼마나 답답할까
내 몸의 찌꺼기를 스스로 버릴 수
있음이 얼마나 행복인가
참으로 어리석은 삶
생각을 바꾸면 행복 순간 웃음
욕심내지 말자
건강이 하면 뭐든 할 수 있음에

참으로 미안하다

가뭄으로 모내기가 늦어지니
지하수 퍼 올려 논일을 한다
자정이 가까운 시간 플래시를
번쩍이며 트랙터를 멈추란다
경찰이다
아파트 주민이 잠 못 잔다고
신고를 한 모양이다
거리가 꽤 있는데 밤이라 울림이
컸나 보다
한 바퀴만 돌면 마무리되는데
사정해도 안된다
순간 자신이
부끄럽고 미안한 생각이 든다
무지한 농부의 이기심이
다른 사람에게 피해를 주었으니
논바닥 물이 잦아지면 다시 푸는
걸로 죄가 사해질까
바보, 나만 생각한 게야
혼자 하늘 보며 얼마나 웃었는지
난생처음 일한다고 경찰 있고
혼나긴 처음이다

꽃진 자리 사랑

살아가면서
웃음 나는 순간은 하하
눈물 나는 순간은 펑펑
현실을 피하지 말고
웃고 울며 가슴 떨리는 순간을
꾹꾹 눌러 쓰면 시가 된다

가슴 몽그라진 깊이만큼
아름다운 향기를 만들고
타인을 이해할 수 있음에
언제나 당당하게 낮은 마음으로
옷을 벗어야 시가 된다

땀 흘려 일하고
어려운 것들 포기하지 않고
진실위에 진심의 눈으로 세상을
바라보며 삶을 즐길 때
아름다운 시가 된다

왜
어렵게 쓰는지 모르겠다
비틀고 숨겨서 읽고 읽어도
아리송한 울림 없는 시를

봄바람에 꽃피우듯
갈바람에 단풍 들 듯
울고 웃는 가슴으로
그렇게 사는 거야
그렇게 쓰는 거야

어린 모의 인연

이앙기에 남겨진 어린 모가 불안에 떨며
애처로이 나를 바라보네
부직포 아래 싹 틔운 결실의 꿈이
모판에 흐르다 남겨진 끝 조각
트랙터 오르다 뒤통수 간지러워
어린모 빼 들고 논 귀퉁이 심으니
살랑이는 미소가 얼마나 이쁜지
가끔은 기다림도 사랑이 되고
눈물도 사랑이 되는 것을 가르쳐준
어린모의 가슴엔
꿈이 흐르고 기쁨이 흐르고
때론 눈물도 아픔도 흘러 가을바람을 맞이할 거야
못 본 척했으면 말라버렸을 꿈

사랑하자 내 삶을

삶이 힘들다고
느끼면 아름다운 삶이 아니지
어두운 농로 장화 발
터벅 이임을 타고 오르는 삶의
한기 꾹꾹 누르며 견디는 거지
흙에 비벼진 거친 손을
얼굴에 비비며 웃는 게지
힘들다고 느낄 순간마저
허락되지 않는 삶일지라도
시간의 흐름 위에 매듭지어지는 것
내 삶을 사랑하면
삶이 웃음이 되고 시가 되는 것을
누군가에게 꽃이 되려면
내가 먼저 꽃으로 피어야지
그렇게 사는 게야

그냥 견디는 게야

물 없는 논바닥을 써레질해봐야
흙만 부풀어 오르고 트랙터만
빨빨거릴 뿐
한줄기 소나기를 기대했건만
꿩 알만한 우박만 쏟아내고
시치미 뚝 떼고 있는 하늘 좀 보소
미쳐도 여간 미친 게 아니네
가뭄으로 농사일은 몇 배나 힘들고
어쩜 사랑도 미움도 사치란 말이
이럴 때 하는 말인가 보다
농부가 흙을 떠나 살 수 없기에
어렵고 힘들어도 꽃피우게 해야지
나이가 먹을수록 삶이 가벼워지도록 땀 흘리는 거야
삶이 아름다웠다고 말할 수 있게

생명의 바닥이 보일 때

논 뒤 도구에 증발 되어가는
남은 물기를 붙잡고 생명을
구걸하는 올챙이
뽈록한 배 꿈틀거리며 콧구멍을
삘름거린다

꼬리를 흔들수록 죽음의 수렁으로 빨려 들어가니
터져 나오는 뒷다리의 꿈도 문들어져 간다

바닥이 보인다
쌀단지, 생명, 죽음, 존재, 사랑
밥그릇의 밑바닥이 보일 때처럼
서글픈 순간이 있던가

이앙기를 멈추고
삽날 위에 올챙이를 쓸어 담아
도랑 깊은 곳에 담그니 수십 마리
엉무구리 영혼이 뿌룩뿌룩 기쁨을
삼킨다

새벽을 쪼아대는 뻐꾸기 울음이
뱁새 둥지를 훔치고 있다

꽃뱀

아무리 굶도 그렇지
다리도 안 나온 올챙이를
유혹하다니
참 너무 하다
다가옴을 거절하고
미워함을 사랑했던 거니

나는 누구일까?

시는 삶의 순간이고 내가 부르는 생음악
들어 주는 이 없어도 부르는 순간은
행복에 젖어 웃는다
남들의 삶이 궁금하기보다
자신의 삶을 들여다보자
남들이 어떤 사람인가 묻기 전에
내 가슴을 먼저 만져 보자
메마름으로 양심의 공정거래는
사라지고 거짓으로 물들고 있다
마음을 함께 하기보다
시기 질투 미움으로 채우고 있다
세상이 그러함을 합리화하여
거름 지고 장에 가는 꼴 좀 보게나
살다 보면 고운 숨결도
흔들릴 수 있고
내면의 소리를 외면할 수도 있다
남의 가슴과 삶보다
자신의 소중함을 기억해야지
논둑길 걸어보니 넘어질 수 있는
방향은 삼백육 심도
일어설 수 있는 방향은 오직 하나
직각뿐이더라
새벽부터 끊어진 새끼줄에 놀라
무논에 처박힌 내 꼬락서니가 우습다

삶은 한숨이다

꽃을 보며
향기를 모른다면
손가락 움직임이 얼마나
고마운 일인지 느낄 수 없다면
가슴이 없는 게지
행복은 순간에 반짝이는
구름을 뚫고 간간이 쏟아지는
햇살 같은 것
어무이 산부인과 방광 치료를 위해
한 시간을 초조하게 기다리는 데
문이 열리자
"큰 아야,
저년들이 내 보지를 벌 시 놓고 용천지랄을 떨었다"
"……"
모두들 웃음을 참느라 입술을 숨긴다
그렇지
가장 진솔한 한 마디
"용천지랄" 속에 비밀
저게 삶이고 한 편의 詩인 게지

이름을 불러 다오

잡초라 부르지 말고
이름을 불러다오
바람에 날려 벼와 함께 살다 보니
잡초라 불리어
사람들에 짓밟히고
농부의 예초 날에 휘둘렸어도
단 한 번 굴복함 없이 꽃피웠으니
잡초로 부르는 건 마음이 미움으로
가득 차 있음이니
내 고운 이름을 불러다오
물피 졸피 강피 물달개비 물옥잠
가막사리 여뀌 물별 방동사니 올비
세대가리 자귀풀 …
알지 못하면 입이나 열지 말지
'잡'이란 의미 알기나 하느냐

뚱딴지 꽃의 시치미

지난봄
밭둑에 몇 알 던져놓은 뚱딴지
풀밭 속에서도 잘도 자라
하늘 향해 노랗게 웃고 있다

발아래 소복소복 뚱딴지 숨겨 두고
행복에 겨워 실실 웃고 있다

가슴에 숨겨 놓은 마음 들킬까 봐
숫처녀 같은 부끄럼으로 실바람에
웃고 있다

기쁨에 겨워
그 기쁨 숨기려고 자꾸만 웃고 있다

나도 자꾸만 웃음이 난다

사랑한다는 말은

들깻잎 누렇게 물들자
터트리고 싶은 속내 입을 오므리고
꾹꾹 삼키고 있는 가슴이 너무 이뻐
낫으로 베어 포장 위에 세웠더니
하고 싶은 이야기 참는 것 좀 보게
가을 햇살 감싸 안으면 지난여름
숱한 사연 차르르 쏟아 놓겠지
가슴은 저렇게 억지로 아닌
저절로 터지는 게야

바람처럼 살고 싶다

가을 햇살이 나뭇잎에 내려앉아
가슴을 열어 보이니 부끄럼으로
발갛게 달아오른다

지난 시간 무게 없는 짓누름으로
꽃피우고 열매 맺은 열정의 조각을
마지막 불 지르고

찬 이슬에 말라버린 육신
스스로 감당하지 못해 뒹굴며
봄의 꽃을 위해 썩어가는 눈물겨운 몸짓

산다는 것
얇은 언어로 그리기에는 손이 떨리지만
그만그만한 우리네 삶의 끝은 맨손을 흔들 뿐

안개처럼 소멸해도 후회 없는 오늘
바람처럼 흔들다 흔적 없는 뒷모습이 얼마나 아름다운가

제목 : 바람처럼 살고 싶다
시낭송 : 박영애
스마트폰으로 QR 코드를 스캔하면
시낭송을 감상할 수 있습니다.

콩 심은 데 콩 나는 행복

모두를 다 가지고
모두를 다 이루고 살 수 없다
가질 수 없는 것을 욕심내면
삶은 불만족스럽고 행복은 도망간다
팥을 심어 놓고 콩을 쌀을 기다리는 것은
스스로 삶을 갉아먹는 행위
벼를 심어 땀 흘려 좋은 쌀을 얻는다면
어찌 행복한 일이 아닐까
노력한 만큼만 기대하고
시간의 흐름 위에 기다려 주는 것
기대보다 많으면 미소 짓고
못 미쳐도 실망하지 않은 가슴
자식 농사는 더 그러하겠지
콩 심은 데 팥 나는 땅은 없더라
산다는 것은 한 편의 詩니까

사랑하고 싶은 여자

까만 점 하나 터트린 맑은 영혼을 가진 여자
부서질 듯 연약한 부드러운 여자
가끔은 강한 고집이 치솟는 여자
풍성한 궁뎅이 깔고 앉아 한 줌 바람에 일렁이는 순결한 속
내를 힐끔 보이는 여자
찬바람에 움츠린 안쓰러운 모습에 안아주고 싶은 여자
숱한 비바람 견딘 속이 꽉 찬 여자 짠물에 순응한 부드러운
속살로 불같은 사랑을 갈망하는 여자
붉은 열정으로 밤새 사랑을 하고도 다시 사랑하고픈 매혹
적인 여자
목욕한 고운 몸 모두 보아도 숨겨진
비밀이 있을 것 같은 여자
때론 순종하며
때론 앙칼진 바보처럼 착한 여자
죽도록 사랑하고 싶은 여자

제목 : 사랑하고 싶은 여자
시낭송 : 박영애
스마트폰으로 QR 코드를 스캔하면
시낭송을 감상할 수 있습니다.

여자라는 삶의 향기

지난 삶
숨기고 싶은 이야기
시퍼런 칼날에 도막 난 속내
상처 난 속살에 한 줌 왕소금
고통마저 견디는 초연함
퍼덕이는 당당함은 안으로 삼키고
매운 삶도 온몸으로 받아들여
자신을 삭혀내는 시간
스스로 자신을 담금질하는
눈물겨운 가슴
옷고름 풀고서도 본질은 변하지
않았으니
내 생애 최고의 여자
어찌 사랑하지 않을 수 있겠니?

난처한 순간

소변줄 갈이 끼우는 날
기다린 끝에 짜증이
올라오신 어무이
소변줄 갈고 나오시며
"큰 아야, 가시나가 우째 찡갔는지 보지가 지그라버 죽겠다"
대기실에 있는 눈들이 나에게로 쏠린다
이럴 땐 참

보호색

농부 발걸음에 놀란
방아깨비 포르릉 벼 잎 뒤에
붙어 벼잎처럼

생존 위한 푸른 날개가
눈물겹게 아름다움은
삶의 절박한 몸짓이기 때문

우리도 어쩜
적당한 위장의 미소로
사람의 마음을 홀리고 있지 않은지

안으로 숨겨진
능구렁이 가슴 밀어내고
조금만 이기적인 따스한 색으로
이쁠 순 없을까

석남사(石南寺)

가지산 동쪽 자락 태화강 발원지에
비구니 승 하얀 웃음들이 솟아난다

계곡물소리에 인두겁 씻어내고
일주문 손 모면

한 솔방울 열한 개 싹이 나서
십일 주 유합 동체 연리지의 사랑도

송탄 유 강탈로 적송을 난도질 한
일본노무시키의 슬픈 역사도

흐르는 계곡을 베게 삼은
신라 천년의 숨결 앞에 녹았으니

설익은 시인의 고백

이리도 야 野함이 눈물겹게 다가오니
물소리에 구름에 바람에 풍경소리에
잠들고 싶다

출수

들판의 벼들
볼록한 배
하늘 한 옷 비집고
밀고 밀고 또 밀어 올린 알알
문 열어 꽃을 토하더니
실바람 불자 순백의 신음소리
황홀한 감정의 흐름
작지만 가장 뜨거운 열정
떨리는 살의 속삭임
한 옴큼 비명
수줍은 눈빛으로
작은 집 한 칸 짓고는
문을 닫는다

지상에서 가장 이쁜
순백의 사랑에
농부 가슴도 벌겋게
달아올라
그냥
논둑에 누워버렸다

두꺼비와 나

7월의 땡볕 아래
콩밭 매는 남정네 땀에 흙이
비벼져 눈만 까맣다
잡초 속에 두꺼비 배를 불룩이며
파리를 잡아 삼키고는
나를 보며 웃는다
너도나도 참 열심히 산다
나도 웃는다
그래
우리 이렇게 견디는 거야
힘껏 사는 거야
너는 파리 잡고
나는 땅 파고

詩人의 향기

농부가 되려거든 흙과 뒹굴며
죽도록 흙을 사랑하라

사랑을 하려거든 온몸을 던져
죽도록 사랑하라

시인이 되려거든 가슴 까발린
나만의 향기로 피어나라

삶의 주인공이 되고 싶거든
뚝배기에 끓고 있는 순두부 같은
떨림으로 살아라

꽃을 사랑함은 흉내 내지 않는
꾸밈없는 없는 그 만의 향기 때문

사랑받고 싶거든
죽도록 사랑받을 몸짓으로
암컷과 수컷이 되어 웃고 우는 거야

울림 없는 삶은 휴지조각이니
재롱이라도 한 번 떨어 볼 일이다

버려질 이야기는 슬프니까

바다는 꼬심쟁이

바다가 울고 있다
멍울진 가슴 풀어헤치고
사랑을 고백한다

안으로 바람을 움켜쥐고
억센 흔들림에 저항하던
힘 빠진 순간의 허망한 고백

무슨 하고픈 말이 많아
거품을 뽀골거리며
온몸으로 울먹이느냐

한꺼번에 빗장 열린
어설픈 사랑 시가 되어
썼다가는 지우고 또 지우고

참 어리석다 했는데
아니었구나
갯바위 가슴이 둥글었으니

있는 그대로 그렇게

고추밭 귀퉁이 고추가 딸랑 다섯 개
참 진실한 얼굴 앞에 미안하다
거름을 한 삽만 던졌어도
땅을 사랑하는 마음은 언제나 따스하고 행복하며
땅 위에 자라는
농작물을 보면 사랑스럽고 웃음이 난다
참 솔직하다
목마르고 배고프고 춥고 덥다는 것을
있는 그대로 보여주고
고통을 당한 만큼
사랑을 받은 만큼 표현한다
미소 뒤에 칼을 숨기고
상처를 주는 추잡함 없이
오직 현실이 허락한 대로 힘껏
꽃피운다
꾸밈이 없다
거짓은 불행의 씨앗임을 터득한
땅과 농작물은 직선의 슬픔을
넘어 곡선의 여유를 즐기며
저렇게 행복하게 사는구나
개울 속 물고기라고
어찌 목마름이 없을까

밤 사이 무슨 일이

새벽 3시
빗방울에 놀라 비설거지하고 까무룩 잠이 들었는데
"비 온다, 큰났다"
다급한 목소리와 함께 흔들어 깨운다
연연댁 할머니다
도로변에 우케가 비에 버무려져
있으니 답답할 수밖에
굽어진 허리로 감당할 수 없는 일
젊음이 없는 농촌
가을걷이 때면 흔한 일
평생 흙 속에 비벼진 생활
알맹이는 자식에게 빼앗기고 빈 껍질 되어 뒹구는 아픔
살아 있는 순간까지 아픈 맘 아픈 몸으로 그냥 견디는 삶이다
그래도 가슴은 따뜻한지
밝아 오는 어둠을 뚫고
"아이고 고맙심데이"

기다림

때가 되면
억지로 까면서 손가락 찔리지 않아도
밤송이 쩍 벌어져 바람 죽임 속에서도
후두두 떨어진다

때가 되면
벼는 고개를 숙이고 술이 익고
밥이 뜸이 들고 마음이 움직인다

설익은 시간으로 덤벼들면
멀리 도망만 갈 뿐

사랑받을 사람이 되려면
사랑받을 수 있는 행동으로
다가옴을 기다리는 멋스러움

스스로 무게를 감당하지 못해
수직 낙하하는 알밤 터지는 소리가
새벽을 기다린다

순백의 美

껍질을 벗자 눈부신 뽀얀 속살
숨겨 두었던 속내 알알이 튄다
슬픔도
눈물도
기쁨도
웃음도
그리움도
기다림도
안으로 삼키며 초연히 견딘 너
농부의 땀을 먹고 옹골져진 열매
그 속에 꽉 찬 희망의 노래
곱디고운 순간들의 고백
거짓 없는 네 영혼
순수의 향기에 취해
가슴 포갠 사랑을 한다
지상에서 가장 아름다운 사랑

살아보니 그렇더라

그 사람을 내 곁에 두고 싶거든
그 사람 이야기를 끝까지 들어주고
끝까지 그 사람 편이 되어주고
작은 아픈 일을 기억해 주고
어떠한 경우도 이기려 하지 마라
특히 남자는 여자에게 져주라
모두를 얻으려면 모두를 내어주라
이기려 하면 모두를 잃는다
짧은 인생 좋은 사람들과 웃고
살아도 아쉬운데 아웅다웅하지 마라
속을 헤집으면 똥밖에 더 있더냐
사람과의 관계는 정답이 없더라
자연과 더불어 살아보니 사람도
미물과 다름없고 깨닫지 못하면
궁둥이나 엉덩이나 부끄럽긴 마찬가지더라

초야 (初夜)

고운 사연 벌겋게 익어
터질 듯한데
찬 바람에 문드러질까
꼭 다문 앙칼진 입술

살짝 삐져나온 가슴속 향기
스스로 겨워 쌓아둔
고백하지 못한 부끄럼
심지로 밀어 불타고

몸과 마음 하나 된 맑은 영혼
혈관을 타고 부풀어
"사랑한다" 달싹이는
저 고운 입술

한마디 고백으로 흘러내려
하얗게 구겨진 이불에 수놓은
동백꽃 봉오리

아버지라는 이름

배내골의 겨울은 너무 길었다
가난을 더 배고프게 하는 추위
찬물을 마시며 어무이 기다려도 오시질 않고
아버지 나 남동생
둘레판 펴고 이불 속에 묻어둔
밥통을 꺼내 얼음이 덕지덕지 붙은
김치 한 포기
밥이 바닥을 보일쯤
아버지 숟갈을 놓으시고
눈치를 살피던 나도 숟갈을 놓고
동생의 숟가락질은 빨라만 가고
귀퉁이 남은 밥 무너져 내리니
아버지 얼굴은 흙빛이 되시고
눈동자엔 약초 캐러 가신 어무이
모습이 맺혀 있는데
동생은 고픔을 지난 배를 불린다

눈송이처럼

어둠을 뚫은 눈발
얼굴에 부딪혀 눈물인 양
흘러내리고

밤새 늙음을 외면한
당신의 독기 오른 가슴으로 뿜어낸
넋두리가 허공을 후려칩니다

어린 시절 검정 고무신 자국 남기며
간월재 넘었던 당당한 모습은
추억 속 빛바랜 사진일 뿐

퍽퍽 떨어져 쌓여가는
소똥처럼
당신의 가슴은 무겁고
물컹 이다 굳어져 갑니다

눈송이 스침으로
치를 떠는 라일락 꽃눈처럼
당신의 가슴에도 첫눈 내린
그리움 한 송이 피었으면 좋겠습니다

몸은 마음의 그림자거니
당신의 가슴이 연분홍이면
참 좋겠습니다

태어난 순간 모든 생명의 예정된
길이 저 눈송이처럼 가벼웠으면
좋겠습니다

빛바랜 일기장의 증언

젊은 날의 자화상
힘들게 살아 수십 번 이사했어도
보석처럼 간직한 아들딸의 일기장

부모로서 공부시켜준 일 외에
뚜렷이 해준 것 없이
공부하라 소리 한 번 안 하고
야생마처럼 풀어 놨으니

교육자라는 허울을 쓰고
정작 내 자식에겐 자유와 책임을
심어준 것밖에 없으니
오죽했으면 딸의 입에서 무관심한
아빠란 소릴 했을까

책갈피에 끼워져 향기 잃은 꽃잎 같은 과거 아이들 일기장
을 넘기며 내 삶을 반추해 보아도 결론은 딸 아들이 대견하
고 고맙다는 생각뿐

말과 다른 속내

큰 아야, 부르는 소리에
반사작용으로 몸을 일으키며
"어무이, 왜요"
"돼지 껍데기 묵고 집다"
"알았심더"
누워만 계시니 입맛도 없으시고
속이 허한 모양이다
속으로 웃음이 난다
"틀니로 질긴 껍질을 어찌 드시려고"
"어무이, 드시소"
"뭐시고"
"횟간 사왔지요"
"아이고 니가 우째 알았노"
"……"
한 접시 모두 비우시고
"참, 니가 도사데이"
누워서 오만 공상 다 하시며
육신 맘대로 안되니 오죽이나
답답하실까
내 몸 하나 책임질 수 없는 아픔
자식 살림살이 걱정에
나이 듦도 서러운데 먹고 싶음조차
내뱉지 못하시니
횟간이 돼지껍질이 될 수밖에
어무이, 죄스런 맘 부글거립니다

보리밭의 허탈함

푸르른 보리 갈증 못 이겨
타는 목덜미를 늘어뜨리고
숨을 헐떡이며 하나둘 말라갈 쯤

태화강 십 리 대밭에 둥지 튼
갈까마귀 떼 지어 땅 덮어
쪼아대고 후벼 파 꿈 잃은
황량한 보리밭

농부의 가슴은 퍼즐 조각처럼
무너져내려
하늘아 갈까마귀야 소리쳐도
부활할 수 없는 푸르름

때늦은 겨울비 얼굴에 부딪혀
동강 난 체 속살을 파고들어도
허허 웃는다
씨 뿌린 순간만은 행복했기에

어떤 미소

삶이 절개되어
난도질당한 몸뚱어리 잃은
돼지 머리가 고사 상위에 부처님의
미소를 짓고 있다

예리한 날의 스침에
멱따는 소리를 지르고도 웃고
싶었을까

웃고 있어도 웃음이 아닐진 데
돈(錢)을 물리고 꽂아
소원을 빌고 안녕을 기원한다

굴곡진 삶을 삼키며
독기로 얼룩진 주검 앞에
공손히 절을 올리고 음복을 하고
떼어낸 귀 토막을 씹고 있다

가난의 굴레 속에
고기 좋아하시던 아부지
어무이 잔소리에 이천 원 주고 싸 오신
돼지머리가 마당에 뒹굴며 울고 있었다

부끄러운 시는 쓰지 말자

KTX 울산역 화장실
급하게 지퍼를 내리고 시원한
배설의 쾌감도 잠시
옆에 아저씨 모습 보소
물건을 꺼내 일을 보면서 두 손으로
카톡을 치고 있다

얼핏 스친 대화
"자기 어디야"
"응, 부산"
"뭐해"
"업체 사장 만나지"
·
·
·

웃음을 꾹 참고 문을 나선다
(미친놈)

살면서 진실과 다른 모습으로
덧칠될 때 부끄러운 시가 되고
진실이 왜곡되어 아픈 가슴을
감출 수 없으면 슬픈 시가 된다

밤바람이 차다
담배에 불을 붙여 군불을 때어도
얼음장 같은 가슴이 녹지 않을 때
아픈 시가 되나보다

나는
어떤 모습의 부끄럽고 슬픈
아픈 시가 되어 읽혀지고 있을까

연둣빛 사랑

깊은 겨울 잠꼬대
벗긴 채 흔들리며
견뎌낸 순간들

시린 손 움켜쥐고
조금만
좀만 더 참는 거야
수천 번 옹알거리며
한숨씩 한숨씩
견디면 지나가리니

아무도 눈길 주지 않았어도
보이지 않는 움직임
시샘 눈발에도 찬바람에도
꼼지락 꼬물
멈춘 적 없었네

바람의 황홀함
봄결에 반해버린 여린 맘
발을 차고 옹알거리며
온 산
온 들
배냇짓 웃음으로
쥠쥠 도리도리

보고 있으니
자꾸만 눈물이 난다
까닭 모를 눈물이 흐른다
쥠쥠 곤지곤지
눈물이 쏟아진다

아름다운 사랑 하나쯤

지운다는 것
의지대로 되더이까
외롭고 서러웠던 순간은
벽을 긁으며
홀로 속울음 삼키는 것도 사랑이니
억지로 바람에 저항하면 할수록
이별에 가까이 갈 뿐
바람에 몸을 맡겨 창공을
비행하는 그리움도 있어야지
사랑은 행한 일보다
행하지 못함을 후회하는 것이니
이별 후에라도 좋은 사람으로 기억되는
그런 사랑 하나 있어야 하지 않을까
가슴으로 울면서도 미워할 수 없는
사랑 하나쯤

기다림도 산다는 거네

진달래애기씨

바람이 찬데
가슴 시리지 않니

쬐끄만 방 속
흔들리는 시간

숱한 유혹 견디며
오직 꽃피울 꿈

죽을 만큼 울다가
스스로 지친 웃음

나뭇가지 타고 노는
개미들의 간지러움

잠든 게 아니었어
봄기운 스멀거리면

가슴 풀어
그대 가슴에 안기울 꿈

그렇게 꼭 깨물고
겨울을 견디고 있는 거니

보이는 게 전부가 아니었어
사랑은 그래야 하는 거니

참 간절히도 고운 생명

소 막사 문을 열기 두려워
망설이기 닷새째 반복
누워있는 송아지를 보고서야
안도의 한숨

아비의 얼굴도 모르고
정액 번호 KPN999로 맺어진 인연
그렇게 태어난 생명

바이러스 감염으로 장이 헤어져
피똥을 쏟으면서도
강철보다 질긴 생명의 끈을 잡고
꼼지락꼼지락 멀뚱멀뚱

어미는 퉁퉁 불은 젖통을 흔들며
애처롭게 울어도
눈길조차 주지 않는 송아지

겨울바람 마지막 발악
꼭 안아 체온으로 불꽃을 지피니
목을 기대어 사선을 견디고

한 걸음 두 걸음 삶의 본능
젖을 찾아 가는 눈물겨운 모습
어찌 저리도 아름다운가

노숙자의 영혼

동굴 같은 부산역 지하도
때 묻은 이불을 덮고
찬바람에 버티고 있는 사람

세 끼 식사를 하며
속을 채우고 사는 것이
괜스레 미안한데

산다는 것이 마음대로 될까마는
게으름 인지 포기 인지
가슴은 낙엽처럼 메말라

잠이 오는 걸까
세상 향한 분노는 없는 걸까
가족은 있는 걸까
하루를 구걸하는 삶

삶의 오기는 어디 갔을까
입술 깨물며 걸어갈 의지는
빈 술병처럼 뒹굴고

사랑도 즐거움도 사치가 되어
육신은 먹고 자는 짐승처럼
어설렁 거리고 있다

봄까치꽃의 독백

내 심장이 멎는 순간
다시 볼 수 없다는 사실에
흘리는 눈물이 몇 바가지 될까

남겨진 사람들의 슬픔의 깊이가
괜찮은 사람이란 흔적을 위해
나를 잊은 건 아니었을까

타인의 바람에 맞추어진
보여지는 삶을 위해 내면의
심장 소리를 억눌러진 않았을까

미움 받으면 어떠니
미완의 모습일지라도 내면을
존중하고 사랑하며 아니면 아니라
말하며 살았는데

나만의 색깔 나만의 향기로
피고 지는 꽃으로
남겨진 가슴에 기억되었기를
아주 오래오래

꽃 피나 꽃 지나

봄비
바람을 꼬드겨
홍매화 입술을 훔치니
붉은 살내음에 아랫도리가
터질 듯 아프네

그대로 멈추어라
피고 나면 이별이니
피는 척하면 안되겠니
그냥 그렇게 오랫동안

삶은 그런 거야
슬픔을 가두고
인연 따라 피었다
인연 따라 지는 것

미련한 사람
피고 짐이 하나임을 모르고
기다림에 가슴 뛰고
보냄에 눈물짓네

제목 : 꽃 피나 꽃 지나
시낭송 : 박영애
스마트폰으로 QR 코드를 스캔하면
시낭송을 감상할 수 있습니다.

아름다운 희생

정말 미안해
캐도 괜찮겠지
고맙다
어무이 위해 뽑혀주렴
괜찮다고?
그래도 미안한 걸 어떻게
겨우내 참고 기다린 봄을
호미로 찍고 말았으니

삶은 순간인 거야
오래도록 기억해 줄게
냉이야
살아 있음이 모두 꿈이란다
꿈이 아름다우면 행복니
추위를 이겨낸 네 향기
어무이 뱃속에 퍼질 거야
고맙다
그리고 미안해
존재하는
모든 슬픈 언어는 잊어주렴

새싹을 만났네

짚 작업을 하다 지쳐
논두렁에 앉아 보니 양지쪽에
쑥이 머리를 내밀고
광대나물 손짓에
울컥 올라오는 눈물

인연 아님이 어디 있으랴만
햇살 한 줌 앉은 자리
해맑은 미소들 땅을 깨운 만남

여린 손으로 꼬몰꼬몰 땅을 뚫고
봄을 간지러는 눈물겨운 몸짓
나 없이도 봄이 오고
나 없이 안된다는 것도 욕심임을
알겠네

봄
여름
가을
겨울
만나고 보내고 피고 지고
그렇게

봄은 가는데

삶을 짓누르는 당신의 무게
내려놓을 수 없는 소중한 것이기에
기쁨으로 받아들이게 하소서

당신을 향한 사랑
끝까지 놓지 않고 가슴에 품고
어루만지며 살아가게 하소서

당신께서 주신 피와 뼈와 살
흙으로 돌아가는 순간까지
오직 당신만을 사랑하게 하소서

흰머리는 같이 늘어나니
손수 가꾼 갖가지 채소에 꼬슬한 밥
한 쌈 오물거리며 마주 보고 웃게 하소서

다시 태어나도 당신의 아들이고
주어도 모자란 사랑의 무게를
더욱더 무겁게 하소서

채소밭엔 부추 부지깽이 얼굴을 내밀고
사이사이 잡초는 당신의 손길을
기다리는데 당신은 죽 한술조차
삼키기 힘드니 어찌할까요

당신을 위해 심었던
꽃밭 금낭화는 발그레한 얼굴로
당신을 기다리는데
당신의 미소는 언제일까요

몸을 깎은 예리한 연필심으로
고통의 시를 쓰고 계시는 당신
이 순간 아니 한순간씩만 견디게 하소서

어찌할까요
작천정 벚꽃이 필 때
각설이 엿장수 보자던 약속은
어찌 해야 합니까

꽃은 피는데
봄아
더디 가면 안 되겠니
봄아
멈추면 안 되겠니
봄아
어찌 좀 해 줄 수 없겠니

제목 : 봄은 가는데
시낭송 : 박영애
스마트폰으로 QR 코드를 스캔하면
시낭송을 감상할 수 있습니다.

자연이 쓴 시

봄바람의 간지럼을 참지 못한
산과 들
푸른빛들이
붉은빛들이
연분홍빛들이
노란빛들이 호호 하하

내 안의 꿈틀거림
가슴 벅차 심장이 멎고
눈물을 찔끔거리고

신의 손으로 빚어진
땅의 경이로운 숨소리에
가슴에 담긴 감정
머릿속 기억된 언어들이
맥없이 소멸하는 순간

진달래 꽃잎에 사랑을 싣고
매화의 향기에 발길이 멎고
벚꽃의 찬란함에 눈을 감고
달래 냉이 쑥의 유혹에 넘어간
아낙들의 봄바람

온산 연둣빛 가슴을 쥐어짜
땅에 시를 쓰는 남정네
입만 벌리고
아!
말로 표현이 안 되어
와아 !
우물우물하다가
울고 웃다

그냥 툭 내뱉는 한 마디
아이구야!
미쳐볼것네

제목 : 자연이 쓴 시
시낭송 : 박영애
스마트폰으로 QR 코드를 스캔하면
시낭송을 감상할 수 있습니다.

87

연둣빛 미소

이중 삼중 문으로 닫힌
격리병실
깊어갈수록 빛나는 눈동자
침묵을 깨는 소리
"큰아야, 떡 머꼬 집다"
벌떡 일어나 허공을 그리며
떡을 잡아
"어무이 , 드시지요"
우스워 눈물까지 찔끔거리시며
"거짓말 떡이라도 고맙다"
오감은 살아 펄떡이고
채울 수 없는 욕구
온 산 연둣빛 눈물처럼
아기가 웃고 있다

체당화 (황매화)

생존 본능의 감각으로
꽃을 먼저 내밀어 벌나비
유혹하는 욕심도 없이

초록과 노랑의 조화
때에 순응하는 처연함
가난하다고 사랑을 모를까

가시나무의 영혼으로 피어난
고귀한 사랑
나의 잎으로 나의 꽃으로
당당한 네 모습

신분을 넘어
사랑 하나 지켜낸 마음
너처럼 살고 싶어라

삶은 피고 지는 게지

봄이 터지니
사람들도 꽃들도 정신줄 풀어
하늘에 걸어두고 부푼 가슴을
흔들고 있네

화려함 전에 겨울을
떨어진 후 허망함을 알기에
저리도 미친 듯 날뛰는 게지

껍질을 깨는 아픔을
언젠가 물들어야 함을 알기에
저리 시리도록 흔들리는 게지

때가 되면
화려함도 푸르름도 벗어놓은 빨래처럼 구겨진 아픔으로
눈물을 짜내며 펄럭이겠지

죽을 만큼 사랑하고
죽을 만큼 웃고
죽을 만큼 아파하고
죽을 만큼 울었으면 잘 산 게지

봄
여름
가을
겨울
그렇게 흐르는 게 행복이지

봄이 너무 길면 재미없잖아

자목련이 질 때

툭,
구겨진 꽃잎이 묻는다
"너, 몇 살이니?"
육십하고도 둘
묘한 순간
나이가 어떻게 먹었는지
지난 시간 잘 버텨주었네
타인의 바라봄에 신경 쓰지 않고
스스로 채찍 하며
꽃피는 날
바람에 흔들리는 날
태풍에 움츠리는 순간
습한 장마 무료함에 젖어
꿈틀거리는 욕망과 미움 시기 분노에
휩싸인 시간
한 줄의 시를 위한 불면의 밤
존재하지 않음에 대한 그리움
연둣빛 계절 까닭 없는 가슴앓이
목련이 물어온 나이에 정신이
번쩍한다
겨울을 견디며
봄 끝자락 눈발 순절을 예감하며

피어난 삶의 끈기를 보여준 자목련,
향기로 가슴을 밀어
삶은 혼자가 아님을 속삭여주지 않았다면
어찌 이순의 강을 건넜을까
남은 날
그래왔듯
맨발로 흙을 밟으며
별꽃 봄까치꽃 진달래 생강나무를 만나며
또 다른 인연들로 얽혀 육신과
영혼의 무게가 가벼워져
산허리 걸린 안개처럼 흘러가겠지
참
대견하고 궁금하다

꽃이 하는 말

수선화 고움에 서성이며
지는 순간 아쉬워하는데

수수꽃다리 향기 스침에
수선화 말라붙은 흔적마저 아름다우니 꽃밭의 요술로
간사함이 합리화 되는 순간

꽃비 내리는 길을 따라
이별의 흔적을 남기고
타는 복사꽃은 또 다른 인연의
끈으로 묶으니

가슴에 사연도 다르고
만남과 이별도 다른
자기만의 때 자기만의 방식대로
흘러감을 바라보는 무심의 강

연록으로 꼼지락거리다가
바삭이므로 와드득 떨어지는
순리의 삶을 모른 척 걷는 우리

때를 알고
피고 짐이 저렇게 고운 것을
진다는 것
사랑의 완성이라는 이름
진다는 것
또 다른 만남의 시작임을

죽은 금붕어를 헤엄치게 하는
시인이라 할지라도
봄을 삼킨 언어 배반하지
말라 하네

그리움

봄날
안골 논둑에 앉아
하늘 한 움큼
병꽃 향기
개구리 사랑 보며 웃고
아무 이야기나 하고 싶다
아니
서로 바라보며 아무 말 하지 않고
초록의 잼잼 짓 도랑물 소리
연달래 애기똥풀 흔들림 속에
그냥
나란히 마주 보고 있어도
봄이 이쁠 것 같은데
트랙터 굉음으로 봄의 소리 묻어버린
농부의 가슴은 바보처럼 울먹이며
돌아서는 봄을 부르고 있다
봄아, 멈추어다오

제목 : 그리움
시낭송 : 김지원
스마트폰으로 QR 코드를 스캔하면
시낭송을 감상할 수 있습니다.

진다는 것

백목련 꽃잎
발아래 툭
마침표 아닌 쉼표일까

한 생이 피고 진다는 것
눈물 찔끔거리며 슬퍼할 일일까

떨어진 꽃잎을
누가 그리워할까마는
낙화의 절정에는 감탄하니

바람을 탓할까
가자
가자
진다는 것 맘 대로 될까

고통이란 언어가 없는
아름다운 그 곳에
가자
가자

필 때 경이로움
피었을 때 몸부림만큼
질 때도 아름다울 수 있을까

소를 탓하는 바보

"이놈의 소 새끼
또 튀어나와 사료 포대 짓밟아
어쩌자는 기고"
욕을 끼리 붓는다

욕지거리 소리에
소들이 놀라 술렁거리며
가두리 고칠 생각 않고
송아지 욕한다고 쳐다보네

어미 소 큰 눈을 굴리며
"욕하는 놈이나
듣고 있는 나나
욕먹는 송아지나 똑같아"

입 닫아라
믿음 앞엔 욕할 필요도 없지
불신 앞엔 어차피 경 읽기니까
다른 데 가서 내 새끼 흉이나 보지마

아름다운 유혹

가녀린 꽃대 위에
수줍은 반짝임으로 남정네
가슴 끓여 당겨 눈 맞추게 하네

낮추는 겸손
바람이 멈추는 순간 퍼지는
은은한 향기로
부끄런 마음 씻어 내며
품격은 보여지는 화려함이 아닌
내면의 향기에서 만들어 진다는
해맑은 속삭임

자신을 위한 삶보다
함께 살아감을 노래하는
땅에 뜬 별꽃

평생 부대껴도 잊혀지는 인연이
있는가 하면
하루를 함께한 그리움이
평생 기억 속에 맴도는 것은
겸손의 향기 때문

보아달라 매달림 없이
소리 없이 사라져도
기억 속에 잊혀지지 않고
가끔 뜨오르는 별꽃이고 싶다

너 앞에 부끄럽다

트랙터 로터리 틈새 흙을 뚫고 피어난 냉이꽃

참 미안하다
씨앗 앉을 자리 트랙터가 버티고 있었으니
흙으로 착각하게 한 죄

철판에 부딪혀 옆으로 기어간 아픔
밤이슬로 갈증 축이며 원망도 했을 텐데
긴 시간 설렘의 반복으로 다져진
사랑의 포근한 공간처럼 살아온 삶

작은 것에 감사하고
작은 배려에 미안한 마음
충분히 마음 준 시간들이었음에도
아쉬움이 남아 있을 것 같은 만남
환경이 다름으로 만들어진 향기에
흠뻑 취하고 싶은 너

트랙터 무논을 누비면 한 방울
흙 튀김에 쓰러질 순간까지
사랑하마
죽도록
사랑하마

봄이 가고 있네

작은 것을 사랑하고
설렘으로 머물게 한 당연한 것들을
사랑하고
멀어져가는 봄까치꽃 민들레 별꽃
꽃마리꽃에 눈 맞추며
사랑했던 사소한 순간의 물음들이
홀씨로 감탄사를 찍고
매일 아침 논을 오가며
한결같이 반겨준 꽃들이
싹이 나고 꽃이 피고 씨를 잉태하는
변화를 바라보며 행복했던 봄
오랑캐꽃 향기 질쯤
가녀린 손에 쥔 쌀밥이 보리밥 되는
줄도 모르고
그렇게 익어가는 줄도 모르고
쪼그린 채 둘러앉은 웃음들
봄이 간다고 헤어짐일까
봄이 있다고 함께함일까

함께여도 편안한 순간

설렘으로 부직포 살짝
들쳐보며 미소 짓고

물 대며 못자리 돌아
논두렁 작은 꽃들과 눈 맞춘 따스했던 순간

농부의 발걸음 소리 들으며
도란도란 꿈을 키운 순수 앞에 중얼거린 약속

바람에 쓰러져도
홍수에 잠길 순간에도
무슨 일이 있어도 함께하며
빨래처럼 구겨진 아픔도
하얀 셔츠처럼 다림질할 게

함께하는 것만으로도
미소가 피는 걸
멀어지는 소리도 파도 같은 믿음
허리 휘어진 땀방울 쏟을 때
잔잔히 불어오는
바람의 짜릿함

그래,
감추고 싶은
부끄럼까지 편안한
그런 사람
그런 사랑
그런 행복

풍경이 있는 삶의 순간

모내기 철이라
마음은 바쁜데
트랙터 논 고르며
찔레꽃 향기에 유혹되고
아카시아 향기에 취해
논두렁 만들며 삽질 하니
밤잠 설친 탓에
땀이 등골을 타고 내려
논둑에 주저앉아
푸르른 오월 속에 졸고 있는데

"상곡댁 아들요"
앞집 할머니 꼬부랑 허리로
먼 산답까지 찾아와 부른 사연
이앙기 고장 나 모심어 달랜다
남의 속도 모르고 참
거절하려다 할머니 표정 보니
옷은 땀에 젖고
얼굴은 눈물 거렁하네
논 세 마지기
한 시간 반을 빼앗기고
"고맙데이" 하시며 만 원을
더 주신다

삶이
아름답다고 느껴지는 순간
우리, 아름답게 살아야 해
그래야 시도 아름다우니까
목숨 꽃 지는 순간까지
사람의 향기로 살아야지

가진 게 작다고
마음까지 작겠는가
삶은 오월의 들판에 가슴
살짝 흔들어 놓는
찔레꽃 향기 실은 바람인 게야

5월의 덩굴장미

비를 맞고 선 장미
막 샤워를 끝낸 아낙네
젖가슴처럼 퍼덕거려도
논두렁 애래 별꽃 같은 유혹은 없으니

아픔이 자라 슬픔이 되고
슬픔이 쌓여 눈물이 되고
눈물이 응고된 가시가 되었을까
왠지, 다가설 수 없는 마음

시퍼런 낫에 베여
펑펑 솟구쳐 떨어지는 핏빛
심장의 움직임 따라 울컥울컥
토해내는 주체할 수 없는 끼

붉은 슬픔으로 시들어도
도도한 향기는 그대로이니
넌 분명
심장을 관통당한 5월의 영혼으로
부활한 게야

어머니라는 꽃

삽질하는 가쁜 호흡 속으로
빨려 들어온 인동초 꽃향기로
당신 삶을 그립니다

꽃의 이쁨 저 편에 얼어붙은
시린 손의 고통이 있었음을

뇌살적인 살 내음의 유혹은
겨우내 곰삭은 가슴이 녹아있음을

2년을 물속에서 스물다섯 번
껍질을 깬 하루살이 날갯짓 같은
금은화 金銀花의 그윽함

인동 차 향기에 배인
줄기의 질긴 생명력의 혈관은
고비고비 당신 심장을 지키고

당신의 맨손이 만병통치약이듯
인동초도 그러하니
저도 인동초 꽃처럼 살고 싶지만

인동 忍冬으로 살기엔
너무 아파서
이름 없이 피고 지는
풀꽃으로 살래요

농부의 마음

볍씨 속 배아가 꼼지락거리니
배젖은 스스로 죽어 뿌리내릴
때까지 자양분이 되어 주니
가녀린 어린 모는 바람의 이야기와
햇빛의 사랑을 먹으며 가을의 꿈
농부는 때맞추어 모내기
빨라도 늦어도 밥맛이 없음에
밤낮이 있을 수 없지
속도 모르고 미친놈이라 하겠지
그냥
비료 듬뿍 주고 수확량 늘어나면
호주머니도 불룩하지만 농부의
땀이 섞인 구수한 맛은 없지
햅쌀밥에 김치 쭉 찢어 먹어보면
진가를 알건대
좋은 쌀을 만들기 위한 농부의
몸부림이니
일에 미친 놈이라 욕하지 마소
뒷땅은 사람의 영혼을 갉아먹는
가장 무서운 버릇이니
속내를 모르거든
마
시 부리지 마소

단 한 번의 외도

너를 본 순간
심장이 멎어 움직일 수 없네
뇌살적 노란 가슴 흔들며
덤벼드니 당할 수밖에
최고의 흥분 상태
가쁜 숨 몰아쉬는
비명의 유혹에
심장을 찔리는 순간
아!
나도 남자구나

나만의 창을 열고

살면서 아슴푸레한 저편에
아린 순간 하나 없다면
무슨 재미?
아지랑이 필 때 문득 떠오르는
고운 장면 하나
안개 낀 날 스치는 생각 한 줌
찔레꽃 향기 대지를 덮을 때
울컥 올라오는 애잔한 빛바랜 아픔
나만의 창을 열고 살짝 보고
울고 웃는 멍때림
우리
장대비 맞으며 눈물 감춘
아프고도 고운 사진 한 장
숨겨 두었는가?

보이지 않는 아픔

트랙터 로터리 날에 뒤집힌
미꾸라지 한 마리
뻘물을 문 필사의 몸부림이
표적이 되어 황새의 목을 타고
구불텅거리는 순간
황새의 목을 비틀고 싶은 충동
어쩌나
황새도 생명이 아닌가
지상의 모든 생명
갓 태어난 송아지의 꼼지락거림
제비꽃의 해맑은 웃음
풀잎의 뽀송한 솜털
사람을 빼고는 죄진 일 없으니
모두가 시인이다
아가를 품어 본 어머니는
대지의 위대함을 안다
농부는 생명을 키우는 직업이라
작은 꽃들의 사랑스러움을 안다
미꾸라지 훔친 황새가
멋진 비상을 하고
트랙터 땅을 헤집고
황새 떼거지로 날아들고
생명이 생명을 먹고 먼 산을 보는
사람 사는 세상

잃어버린 삶의 자리

미꾸라지 한 마리
발자국 소리에 놀라 시멘트 바닥에
머리를 박으며 몸을 숨기려다
피를 흘리고
물의 유실과 관리의 편함만
생각하다 보니
비 오는 날 소쿠리 들고 미꾸라지
밟아 추어탕 끓이던 재미는 추억 속에 묻히고
파괴된 자연의 반격에 결국은
스스로의 무덤 파는 줄 모르고
웃고 있네
숨을 곳 없는 미꾸라지나
성냥갑 같은 회색도시 사람이나
뭐가 다를까
자연은 자연 그대로일 때 가장
아름다움을 왜 모르는가

유월의 산야

이 골짝
저 골짝
농염한 치마 속
난리 났네
정신 줄 놓고 신음하는
열정들 보게나

터질 듯 익은 보리싹
문드러지게 한 뜨거운 사랑은
재가 되어 새로운 씨앗을 뿌리니
어찌 미움이 있을까

속일 수 없는 붉은 마음
가슴 비집고 삐져나오니
어쩌라고
난 어쩌라고
참말로 환장하겠네

그대가 몸으로 그리운 날에

유월의 땡볕 속에
숨 막히는 보리타작

땀으로 범벅 된 몸속으로
보리 까시래기의 미투

본능적 감정의 도파민도 아닌
일방적 찌름의 짜증

마음에서 몸으로
몸에서 마음으로 이어지는
보편적 사랑을 초월한 아픔

보고 싶다는 말은
마음일까
몸일까

그립다는 말은
몸일까
마음일까

꿀맛 같은 사랑을
깔끄러운 수염으로 감춘 속내
알 듯 모를 듯

마음에 담아야만 몸이 그립고
하나 되는 달콤함 모르는
까시래기의 미투

꽃처럼 피어난 순간

선에 점 하나 빠지면
직선이 될 수 없듯
순간마다의 감정들이 밀물 썰물 되어
밀고 당기며 삶이 되어 스밉니다

병원복을 갈아입히며
쪼그라진 젖무덤을 더듬고
"어무이, 아직 탱글한데 영감 하나 구할까"
"차라 미친놈아"
아기 땐 젖꼭지 물고 배를 채우고
사춘기 땐 여자의 비밀을 훔치게 했던 젖무덤

육 남매 물어뜯은 흔적
뒤돌아보니 당신께선 브래지어
한적 한 번도 본 적이 없으니
젊은 시절 밭 귀퉁이 아기는 지렁이를 빨아도
적삼을 타고 흐르는 불은 젖
잊은 채 호미질한 당신

가난을 당연시하며 배고프고
사무치도록 아팠던 시간이 지나도
당신께서도 여자임을 느낄 수 있게
젖 마개 하나 사드리지 못함이
후회스럽습니다

모든 순간은 자식들로 채워
당신께서 여자임을 잊고 살아온
세월의 꽃은 지려 하는데
해 줄 수 있는 게 아무것도 없으니
가슴만 칩니다

자신의 삶 일부라도 떼어
젊음의 한 순간만 돌아갈 수 있다면
본 적도 없는 야한 속옷에 원피스
높은 구두 치장시켜
손잡고 걷고 싶습니다

결과보다 삶의 순간 피고 지는
소중함으로 살아오신 당신 삶이
그 어떤 삶보다 더 멋지고
지상에서 가장 아름다운 순간의
꽃입니다

영상통화

검둥이
사흘을 꼼짝 않고 눈만 띠룩 거리며 현관만 바라본다
영상통화
흐르는 귀에 익은 목소리에 귀를 세우며 집 모퉁이를 바라본다
시선 끝닿은 곳
휴지에 싸인 돼지갈비
살은 썩어 뼈만 하얗게 남아 구더기 껍질만 대롱거리고
13년을 매일 아침 검둥이와 눈 맞추며 "똥 많이 쌌나" 하시며
식당에서 몰래 짱박아둔
돼지갈비를 던져주시곤 똥을 치우셨다
병원을 들락거린 2년 동안 대문만 바라보며
턱을 땅에 대고 눈만 껌벅 죽지 않을 만큼만 먹고 있으니
휴대폰을 꺼냈다
어무이 음성이 흐른다
"깜디야, 똥 쌌나"
벌떡 일어나 낑낑거리며 사료 몇 알을 삼키고는 젖은 눈망울로
대문을 바라본다
산다는 기본은 편한 마음으로
잘 먹고 잘 싸는 일인 것을
희미한 병실에 기저귀를 갈며
"어무이, 똥 싸면 말하소"
3일째 소식 없는 불룩한 배를
손으로 돌리며
"엄마 배는 똥배 내 손은 약손"
밤은 깊어만 가는데

나를 버리는 일

이앙기 운전에 정신 팔려
통제 불능 경직된 몸
논바닥에 오줌을 누니
어찌나 시원한지

좀 전 먹었던 생수가
내가 되어 밖으로 버려지는
참으로 이상하고 시원한 이별

내가 오줌이 되는 순간
미련 없이 돌아서는 냉정함
마지막 방울이 뚝 떨어지고
문이 닫힌다

쓴맛 단맛 모두 빨리고
쫓겨난 슬픈 눈물
다른 삶의 거름을 향한
당당한 포물선의 질주

할머니표 야채

경동아파트 입구 노점상
할머니들 줄지어 앉아
자판 위에 상추 열무 양파
진열하고

오가는 주부들 향해
시골 텃밭에서 직접 키웠다니
잘도 팔리네

사 차선 도로변 밭 만들어
매연 마시며 자란 채소를
어찌 알까

봄이면
겨우내 눈 녹인 염화칼슘
먹고 자란 쑥 달래 냉이 캐어
순수 할머니표로 변신한 걸
어찌 알까

참으로
무섭고 섬찟한 할머니표
소름이 돋는다
틀리지 않는 말속의 진실

채송화

톡,
보석의 영혼이 흩어져
눈부신 순간
하루를 살지만 해맑게 웃으며
행복에 겨워하는 여유

이슬 털며 앙다문 입 벌린
뜨거운 시간의 입맞춤
해 따라 입술을 흘린다

저
화려한 겸손

저
눈부신 사랑

저
순간의 보석 같은 삶

소를 사랑한다는 진실

살이 오를수록 식욕이 왕성해져
눈을 희번덕거리며
사료 한 톨을 쫓아 혀를 뽑아
뿔을 흔드네
몸무게가 늘어날수록 죽음에
가까워진다는 걸 모르고

육질 A++
최고의 등급을 만들어
돈의 무게와 바꾸려는 속내가
큰 눈망울에 웃고 있다

숲속의 고백

나뭇잎에 매달린 정사情事
흔들릴 때마다 몸을 곧추세워
스스로 감정에 진솔한 몸의
그리움을 지운다

바람이 멈춘다

보고픔이 그리움에게
보고 싶다 말하지 못하고
사랑하는 마음 가득해도
침묵한 것은
감당할 수 없는 사랑 때문

바람이 분다

그리움 채우고도
아쉽다 속삭이는
싱그러운 고백의 떨림

생에 단 한 번
꿈같은 순간의 감미론
유월 숲속 아름다운 정사情事
이대로 끝이었으면

땅의 여백에 쓰는 詩

농부는 욕심을 버린다

넓은 들 씨앗으로 빼곡히
채우고 싶지만
채움이 여백보다 못함을
몸으로 읽었으니

물끼 보며 빠진 빈자리
이빨 빠진 흉함으로 다가와도
못 본척한다

심긴 모들 사이로
바람이 사랑을 노래하고
잠자리 쉼터가 되고
땡볕 가슴으로 안으며
빈자리를 채워가기 때문이다

식물은 농부의 마음을 읽는다

욕심을 부린 만큼 아픔을 주고
부지런한 발걸음을 사랑하며
가슴 맞댄 따스함을 기억한다

비워진 가슴만큼 채워주고
사랑한 만큼 돌려주는
자연의 순리를 실천하는
푸른 숨결 앞에 옷깃을 여미고

생존의 숨구멍이자
채움의 공간 위에 어느 시인도
쓸 수 없는 따스한 詩를 쓰는
푸른 손놀림에 무릎을 꿇는다

행복했던 순간만 기억하자

살면서
어느 누구에게라도
무슨 일을 할지라도
바람은 서운함의 상처가 되어
흉터로 남는다

사람과의 관계에서 그렇고
사랑의 관계는 더욱더 그러하니
그 어떤 것일지라도
바람의 싹은 아픔의 꽃이 된다

스스로 차올라 주었다면
줌으로 행복했던 순간만을 기억하자
기대하지 않으면 서운함도 없으니

시기에 따라 거름을 주고
정성을 다한 후 하늘 뜻이 주는 대로
거두는 농심의 미소
얼마나 아름다운가

가슴이 둥글기까지

장대비 쏟아진다

수통을 막으려 도랑에
들어서니 물살에 휘둘린 돌
부딪히는 소리

제 살을 깎아 내는 아픔
목까지 차오른 삶의 모서리
삼키고 삼키다 둥글어진
속내의 환생

숨어서 흘린 눈물도
밤새 내린 풀잎의 이슬도
해도 달도 둥글어지기까지
흘러온 이야기

할머니께서도
자식 열 낳고서야 동그란
웃음을 만들 수 있었으니...

말의 탄성

시샘에서 출발한
혓바닥이 면도날보다
예리한 광기를 뿜으며
선무당처럼 칼춤을 춘다

아무 생각 없이 씨부리면
무식하다고나 하지
의도된 야릇함으로
피어나는 꽃대궁 잘라놓고
미친 듯 즐기고 있네

나 없는 공간에서
나를 회치는 사람은
때와 장소를 가리지 않고
쟁반의 두 눈을 의식하지 않으니
가면 마왕인 게지

칼춤의 주문은
처녀가 아기를 낳고
친구가 미치고 도둑이 된
찢어진 사리마다 같은
혼자만의 정당성

가슴의 울림은 천성이니
오래가지 못하고
결국 스스로 칼춤에
상처를 입고 외로운 섬이 된다

석류꽃

유월의 열기 한 줌으로 모아
가슴에 찍어 버린 사랑의 찜

타오르는 열기로
어둠마저 지워버린 석류꽃

벌은 머리 박고 꽁지 흔들며
황홀한 한 마디
나는 죽어도 좋아!

누구도 끌 수 없어
푸른 이파리마저 삼켜버린
다홍치마 속의 열정

사랑은 저렇게
꽃 속에 들어가 까무룩
혼절하는 거구나

차마 말할 수 없다네

여섯 달 된 송아지
어설렁 다가와 콧구멍 벌렁이며
얼굴을 핥는다

이별이 가까워짐을 아는지
모르는지
종발이 눈 껌뻑이며 삼켰던
여물을 꺼내 되씹는 평화로움

눈 속에 갇힌 맑은 심성
엉큼함 교만함 능글맞음도 없이
주는 대로 먹고 오줌과 똥을 싸 대는
천진 유순함을 넘은 우아함

저녁밥을 주며
늘어진 목덜미를 긁어 주며
눈짓으로
(어쩜 널 팔아야 할지 몰라
어머니 병원비가 엄청 나왔거든)

속 모르는 송아지
엉덩이를 비비며 놀자고 하네
눈동자에 투영된
말 못 하고 삼킨 슬픈 자화상

메꽃

링거 수액 같은 생명줄
휘감아 도는 여름밤 몸살

새벽을 향한 떨림

이슬마저 범하지 못한
꽃술의 금지 영역

스스로 빗장 열고
실바람 오시려나

햇살에 속보인
연분홍 부끄럼

7월의 연서

푸른 들녘엔
태양의 열기보다 강한
농부의 가쁜 숨결이 타오르고

태풍의 심술이
나무와 꽃들을 흔들어 비벼도
온몸으로 즐기는 처연함

존재하는 모든 것
피우지 않음 없으니
잉태의 기쁨으로 저마다 다른
향기와 색깔로 웃고 있네

가슴 깊이 꿈틀거리는 욕망
슬픔도 아픔도 겹도록 붉은
백일홍 가지에 걸쳐두고

허리 꺾인 7월의 묵정이 밭
활짝 핀 개망초 무리 속에
숨겨진 고운사랑
당신께 드립니다

제목 : 7월의 연서
시낭송 : 박영애
스마트폰으로 QR 코드를 스캔하면
시낭송을 감상할 수 있습니다.

133

쁘라삐룬

봄부터
넓은 들판 오가며

몸으로 쓴 詩가
감동이 없었는지
황칠을 해 놓고

땀으로
퇴고하는 꼴이
저리도 좋은지

시침 뚝 떼고는
얄밉도록 웃고 있네

바라기라 불리고 싶다

가슴에 쌓인 사연
목줄 타고 올라 집을 짓고
그리움 늘어날수록 무거워진
머리 땅에 닿을 듯 능청인다

해바라기라 불리어진 울분
단 한 번 해를 바라본 적 없건만
내 가슴 열어보지도 않고
호적에 등재해버린 이름

까만 여름밤
달의 유혹에 질투를 질겅거리며
스스로 사랑한다는 고백의 자존을
감추려 덮어씌운 진실

사랑은 서로의 표현이니
함께 보고 싶다 말하고
참기 힘들면 서로에게 달려가고
서로를 소중히 여기며
내버려 두지 않는 바라기니

한순간도
해를 품은 적 없는 가슴이니
성姓을 지워다오

달개비꽃

한 줌 확 뜯어
밭 귀퉁이 던져버린 다음날
마디마디 흩어져 뿌리내린
지독한 여인

남색 날갯짓 하늘거린 속치마
한나절을 훔쳐봐도
참으로 희한하게 생긴 유혹
꿀단지 없이 추파를 흘리네

이슬로 피었다가 낮 12시면
어김없이 시들어도
한나절 허무를 초월한 사랑
당당한 푸른 날갯짓

단 한 번 내쳐진 아픔
그리도 한스러웠던지
새파랗게 질린 입술로
달려드는 섹시한 여인

그냥
당할 수밖에

제목 : 달개비꽃
시낭송 : 박영애
스마트폰으로 QR 코드를 스캔하면
시낭송을 감상할 수 있습니다.

136

농부와 삽

무너진 논둑 쌓으려
푹 찌른 순간
부러진 삽자루
자식처럼 사랑했던 삽
밭두둑 만들며
도구를 치며
논두렁을 붙일 때도
뱀을 만나고
멧돼지를 만나고
송아지 주검을 묻을 때도
여름날 개울 알몸까지
훔쳐보며
나의 비밀을 몽땅 알고 있는 삽
헛간의 전리품이나
고물상에 처박힌 버려진 아픔 될까
물푸레나무로 삽자루 박아
밭고랑을 탄다
흙을 향한 야릇한 몸짓
근육을 타고 흐르는 땀은
농부의 詩가 된다

산다는 것은 한 편의 詩

나는 글을 읽을 때
작가의 마음을 읽는다
작가의 진심을 읽고
작가의 사랑을 읽고
작가의 삶을 읽는다
글을 쓰기보다 읽기를 좋아하고
글에서 사람을 읽는다

나는 글을 쓸 때는
옷을 벗는다
독자에게 투명한 가슴이고
독자에게 색다른 따스한 꽃이고
독자의 가슴을 젖게 하고
독자들을 사랑에 빠뜨리고 싶다
나는 글 속에 내 마음을 준다.

나는 글을 읽으며
작가의 진실성에 눈물을 흘리고
작가의 순수함에 미소를 짓고
작가의 상상력에 손뼉을 친다
작가와 함께 빠진다

글에 빠져 허우적거릴 때
마지막 남은 한 줄을 읽기 아까워
먼 산을 본다
글을 쓰고 읽는다는 것
한 잔의 술을 주고받는
건배사 같은 것
첫 잔을 마실 때 짜릿함 같은 것
오늘도 한 편의 詩에 취하고 싶다

이심전심以心傳心

하얀 병실
눈빛의 교감

산소 줄을 만지작거린다
눈이 마주친다

웃는다

비위관을 만지작거린다
눈이 마주친다

웃는다

끙끙거리신다
눈이 마주친다

피하신다
·
·
·

("시원하지, 어무이"
"그래")

머리 허연 모자
가슴 맞댄 침묵의 순간

백일홍 가슴앓이

하나의 가슴에
피고 지며 백날을 마주 보는
애틋함

희망과 절망 사이 시침 뚝 떼고
순간순간 견디며
삼복 열기마저 꿀꺽한 열애

순백 살 내음 위에
초야의 하혈로 쓴 부끄럼
백날을 흘러도 아직 진행형

오직
사랑 하나 위해 목숨 버린
저리도
뜨겁게 타오르는 눈물꽃

엉겅퀴꽃

작은 조각들
퍼즐로 완성된 보랏빛 사랑
표독스런 한거식에 핏방울 튀어도
가슴에 안고 싶은 사랑
향기마저 오묘하니 흔들릴 수밖에

건드리지 마세요
그대, 상처 입어 '엉성스럽다'
외칠까 두렵다고 눈짓하는
곱디고운 눈망울

후미지고 척박한 땅에
가시 돋친 사랑
함부로 건드려
장미보다 독한 가시에 찔려
멍울진 가슴앓이로 피어날 그리움

혼자서 피울 수 없기에
당신보다 먼저
가슴으로 스밀 고통일지라도
보듬어 꽃피울 사랑아

한계점을 넘어서면

50°를 넘나드는 소 막사
소들을 통째로 쪄 죽일 태세
가죽에 가둔 열기 탓인지
콧잔등에 구슬 같은 땀이 솟아
거품을 복작이며 침을 흘리고
송아지들은 선풍기 아래 누워
배만 불룩불룩
사료를 줘도 꼼짝도 않네
물을 뿌려 온도를 낮추어도
순간일 뿐
너무 더우니 덥다 소리 못 낸다

너무 아프면 아프다 소리 못 낸다
너무 슬퍼도 슬프단 말 안 나온다

슬프다는 것

머리가 텅 빈 상태
가슴에 잔금 짜르르 퍼지며
흐르는 피멍울이 울대 타고
오름을 소리 없이 삼킨 순간
사그락거린 아픔
어무이,
머리가 아프다고 고통스런
소리를 지를 때
벼들이,
목말라 잎을 둥글게 말고
숨을 못 쉬고 흐느적거릴 때
사랑하는 모든 것들이 생사의 갈림길에 있을 때
아무것도 해 줄 수 없는 무기력한
순간은 눈물조차 사치가 된다

사랑해서 미안한.

더위는

목마름 너머 죽음을 기다리는
농작물의 힘없는 이파리
벼들은 기동 세포를 움직여
수분 증발을 억제하며 뿌리는
어둠 속 습기를 향하여 감각적으로 기어간다

더위를 피하는 법이 없는
저 끈질긴 오기는 어디서 나올까
죽은 듯 허물 거리다가 밤이슬 한 방울에
곳추서는 삶의 신비로움

50킬로그램 비료 등짐의 짓누름과 엔진 열기 논바닥 열기
햇살의 따가움에 굴복하지 않는 농부의 가슴은
네 삶의 사랑이다

더위와 맞서질 못하고
계곡으로 바다로 까지는 기쁨
온종일 냉방기의 도움으로
몸의 저항력 갉아먹음은 슬픔

피고 짐을 반복하며 천년 넘게
이어가는 풀과 나무들의 생명력은
몸에 밴 자연의 순응임을
푸르름 속에 겹게도 아름다운 삶에
질투하는 태양의 화병

145

도마와 칼 사이

자석처럼 끌리어
떨어질 수 없는 시간
황홀함으로 세포 기능을
잃을 만큼 빠져드는 애정의 깊이
더 솔직히
더 미친 듯이
표현하고 싶은 욕망
영혼과 몸의 언어가 만나
교감과 공감으로 닮아가는 과정
시공을 초월한 소통의 끝은
몸으로 詩를 쓰는 일
욕심만으로는 인어공주의
슬픈 사랑일 뿐
소유와 존
불신의 깊이는 거리를 낳고
사랑으로 포장된 집착은 이별
사랑을 빙자한 구속은 아픔
칼 없는 도마의 끝은 아궁이
도마 없는 칼의 춤은 흉기
미워도 아파도
햇볕에 몸을 말리다가도
칼집에서 칼이 빠지면
도마는 온몸으로 눕는다

주지못해 미안해

벼들, 보록한 배를 쥐고
하혈 직전의 고통
갈라진 논바닥 틈새로
목 잘린 뿌리가 나부끼고

말라가는 웅덩이 양수기로
빨아 올려도 찢어진 깊이로
도망쳐버린 허무
내일의 운명을 접어두고
꽃 피운 사랑

한 마디 내색 않고 폭염과 맞서는
처연함
해 줄 수 없는 미안함
벼가 되고, 흙이 되고, 하늘이 될 수 없는 가슴
게으름 피우지 않고 사랑한 삶
단 한 번 미워한 적도
귀찮아한 적도 없는 포기포기
가을의 고운 詩가 되었으면

힘들다고 꽃 피움을 포기할까
하늘아,
새파랗게 독기를 피워봐야
농심을 이길 수 없느니

갈증의 한계를 넘어

존재하는 모든 것 중에
울고 웃으며 살아감이 사람뿐일까?
생명을 키우다 보면 동물도 식물도
울고 웃으며 말을 한다
폭염에서 가뭄으로 이어지는 8월
벼들이 웃다가 찡그리고 아프다는 절규
손익을 계산하면 돌아서 포기하고
싶지만 가슴에 심은 사랑이라 버릴 수 없으니
물고기 말라 썩은 냄새
껍질만 남긴 다슬기 영혼을 위로라며 개울 넘고 둑을 지나
1킬로미터 넘게 호수를 연결하니
땀은 장화 속에서
울고 현기증에 하늘이 돌아가네
한 나절 목마른 작업
물길 먼 수압 탓에 뱀이 개구리
삼키듯 구 불 텅거리며 기어가다 쏟아지는 물
갈라진 논바닥으로 빨려 드는 순간
벌컥 이는 벼들의 눈물
생명, 어떤 경우라도 버릴 수 없는
존중되어야 할 최고의 가치임을 확인
하는 순간
사랑이라는 거 때론 설레고 아프고 안타까운

기다림에 젖는 기약 없는 한 조각 구름 같을지라도
사랑하는 순간만은 얼마나 아름다운가!

8월의 기도

뜨거운 인생의 8부 능선에서
살아온 길 뒤돌아보며
만남과 이별의 순리를 깨닫고
진다는 것이 만들어낸 결실을
받아들이게 하소서

풀숲 일렁이는 산나리의 교태
방아깨비의 침묵, 거미의 기다림,
매미의 절규, 텃밭에 물들어가는
호박, 벼들이 볼록한 배를 내미는
가장 빛나는 순간 삶의 조각들을
지켜주게 하소서

뙤약볕에 흐느적거리며
바람에 흔들리고 이슬에 곧추세워
바람 불면 누웠다 일어서는 들풀처럼
오늘이 생의 마지막 같은 초연한
마음으로 사랑하는 모든 것들을
더욱 뜨겁게 사랑하게 하소서

정자나무 아래 앉아
살아오면서 좋은 감정들로 기억된
고운 이름들을 불러 보고
손편지로 고마움 전하며
삶은 옥수수 한 입 베물어
한 줄의 시를 쓰는 미소 짓는
시간이게 하소서

푹푹 삶긴 속옷
방망이로 두들겨 헹궈 말린
맑은 영혼의
뽀송한 느낌이 온몸으로 퍼지는
행복함으로
8월의 열정을
받아들이게 하소서

벼꽃이 피는 순간

폭염을 온몸으로 받아
가뭄 넘어 잉태한 생명
밤새 깊은 떨림으로 밀고 밀어
끝자락 한 톨까지 숨을 몰아쉬며
우주를 깨운다

사그락
하나 둘 옷고름이 풀리고
툭
하나 둘 치마끈이 터지고
꼬올깍
파리한 입술이 열리고
아!
가슴 맞댄 숭고한 사랑

가장 정갈한 마음으로
가장 온전한 기쁨으로
아침 햇살을 입고는
조금씩
조금씩
겸손으로 물들어간다

가을에는

귀뚜라미
가을을 데리고
창문을 두드리네

가을
쉽게 오지않지
여름을 삼켜야 하니까

푸른들 누렇게
푸른 산 붉게
물들며 오지

물든다는 것
혼절하도록 달구어진
사랑이 하나 되는 시간

푸르름 고집하면
붉음을 강요하면
올 수 없는 길

때문에를 버리고
겸손한 마음으로
그러하더라도 사랑해야지

농부의 기다림

검붉은 저녁노을만 남기고
숨어버린 햇살을 원망하며
말라가는 고춧잎을 만지다가
줄기만 서 있는 옥수숫대를 밀어보다가
죽어있는 지렁이에 까맣게 달라붙어
만찬을 즐기는 개미들의 행렬을
쪼그리고 앉아 꼬챙이로 쑤셔보다가
먼지 날리는 텃밭에 열무 씨앗 한 줌
꾹꾹 눌러 두고
기다림에 굳어버린 가슴을 친다
오늘도
기다리는 기다림은 오지 않으니
논둑에 앉아 땅이 아플까 삽으로
찌르지 못하고
하늘 한 번 바라보고
논바닥 한 번 훑어보고
하늘아,
톡도 안 보고 전화도 안 받고
하늘아!

끈질긴 목숨 꽃

온 들판이 탈출구 없는 찜질방
대지는 흘릴 땀조차 굳어지고
품고 있는 생명들 숨이 끊어지는
순간까지의 꿈틀거림
밭고랑 바랑이 풀은
마지막 남은 꼬갱이로 부활의 몸부림
미꾸라지는 논바닥 갈라진 틈새로
깊게 더 깊게 파고들고
곧 말라버릴 웅덩이 붕어는 힘겹게
아가미 흔드는 끈질긴 목숨줄
모두 아직도 못다 한 삶에 미련
기필코 피우고 진다는 강한 삶의
근성을 넘은 오기
배고픔에 지친 아기의 울음
퉁퉁 불은 엄마의 젖을 물고
꿀떡꿀떡 훌쩍이는 설운 시간의
기다림이 흩어져있다

키다리 꽃

석양을 등지고 하늘 높이 솟아
여름을 얼게 하는 해맑은 미소
어느 봄날 어무이,
널 송두리째 베어 나물로
무쳐버린 순간 저녁을 굶었지
울타리 높이로 흐드러지게
피면 왕관을 쓰고 팔찌 장식으로 뒷집 계집아이 앞에 기고
만장했던 알 수 없는 감정
동심의 순간 버릴 수 없어
화단에 심어 두고 웃는다
꽃송이 무게조차 감당키 어려운
가녀린 줄기
아침 이슬에 젖어 고개조차 들지
못하는 수줍은 얼굴
여름날 열정만큼은 솔직하게
표현하니 눈을 맞출 수 없네
너를 보는 작은 즐거움
한결같은 표정으로 여름을 즐기며
욕심 없는 온몸 바람에 맞기는
설렘의 이야기
보고 싶은 순간 언제나 볼 수 있어
얼마나 행복한지
너를 7월의 여왕이라 부른다

참 곱다

40° 열기 속에 이파리 까딱 않고
날렵하게 서 있는 벼의 자태

아침 이슬 입에 물고 풀잎 사이
빼꼼히 내민 달개비꽃의 청초함

밭둑에 하늘이고 줄지어 선
옥수수수염의 찰랑거리는 뒤태

뽀얀 새벽 밥 짓기 위해
찬물에 머리 빗고 비녀 꽂은
어머니의 웃음

7월의 땡볕 온몸으로 받아
속살 익혀 발갛게 물든 복숭아

여름날의 농부는

태풍으로 접힌 벼들의 아픔
지울 순 없지만
논둑을 깎아 주고
피를 뽑아 다독이는 한 낮

여름 없는 가을은 쭉정이니
더위를 즐기는 거야
뒷둑 백일홍도 벌겋게 속을
뒤집고 견디고 있잖니

땅을 잡고 하늘을 섬기는 일이
어찌 웃음뿐이랴
비에 젖고
바람에 꺾이고.
메뚜기 이빨에 갈비뼈 보이고
그렇게 여름을 이기는 거야

뜨거운 엔진 짊어지고
네 가슴 위로하다 땀에 말은 육신
개울에 뛰어든 알몸의 유영游泳
꽃밭에 도사린 꽃뱀의 유혹보다
더 유혹스런 투명한 백사가 된다

농부, 여름날의 사랑

7월의 뙤약볕 아래
논바닥 가슴 헤집고
여민 내 가슴 툭 떨구어 맨살로
들이댄다

거부하지 않는 몸짓
드러난 속살은
폭염보다 더 뜨거움으로
햇살마저 고개를 돌리게 하니

머루 송이처럼 솟아난 땀방울
등골을 타고 흘러
사타구니를 간지럽히니
불끈 충만함으로 일어선다

떨림으로 다가서는
푸른 들의 농익은 몸짓
경이로운 포옹
풍만한 여름날의 만남

그리하더라도
사랑해야지

정상화 제 3시집

초판 1쇄 : 2018년 10월 15일

지 은 이 : 정상화

펴 낸 이 : 김락호

디자인 편집 : 이은희

기 획 : 시사랑음악사랑

인 쇄 : 청룡

연 락 처 : 1899-1341

홈페이지 주소 : www.poemmusic.net

E-Mail : poemarts@hanmail.net

정가 : 12,000원

ISBN : 979-11-6284-066-5